नई उमंग

डॉ. महेंद्र शर्मा 'मधुकर'

सन्मति पब्लिशर्स एण्ड डिस्ट्रीब्यूटर्स

ISBN No. : 978-93-88365-65-9

Sanmati Publishers & Distributors
B-347, Sanjay Vihar, Avas Vikas Colony,
Meerut Road, Hapur-245101 (U.P.)
Mob. : +91-7302710291,
+91-8439645104
email : sanmati555@gmail.com
Website : www.sanmatiindia.com

संस्करण: प्रथम 2019

डिजाईन एण्ड टाईप सैटिंग

RETROTEK

समर्पण

अपने उन सभी प्रेरणा स्त्रोत्रों को, जिन्होंने मेरी इस साहित्य यात्रा में मेरा उत्साहवर्द्धन किया। उन प्रेरणादायक अनुभूतियों व अनुभवों को, जिन्हें मैं अपनी प्रस्तुत रचनाओं में ढाल सका। मेरे उन सभी काव्य प्रेमी पाठकों को, जो स्वस्थ मनोरंजक काव्य पठन में रूचि रखते हैं।

- डॉ. महेन्द्र शर्मा 'मधुकर'

अनुक्रमणिका

एक सराहनीय प्रयास

डॉ. महेन्द्र शर्मा 'मधुकर' जी की ये आठवीं पुस्तक 'नई उमंग' उनकी अपने कार्य के प्रति दृढ़ इच्छाशक्ति, लगन और मेहनत को उजागर करती है। शर्मा जी ने अपनी रचनाओं में जहाँ व्यक्तिगत अनुभूतियों को उकेरा है, वहीं समाज से भी अपना रिश्ता कायम किया है।

डॉ. महेन्द्र शर्मा 'मधुकर' जी की यह पुस्तक आदरयुक्त नायाब, चमत्कारिक एवं अलंकारिक शब्दों के प्रयोग द्वारा रचित ग्यारह गीत, दो सौ एक मुक्तक, चालीस दोहों का संकलन है। मधुकर जी का काव्य तुकान्त व तालपक्ष से पूरा संगीतमय है व रूहानी सच को स्पष्ट करता है।

सामान्य व्यक्ति की भाँति कवि ने अपने और जगत के सभी प्रभावों, समस्याओं, असंगतियों, परम्पराओं और रूढ़ियों के प्रभाव को आत्मसात करते हुए अपने जीवन संघर्ष को उकेरा है। प्रेम, निराशा, आत्मीयता, द्रोह आदि के प्रभाव को लेकर कविताओं को सहज भाव से प्रकट किया है। अधिकांश भाव विविध छन्दों का आश्रय लेकर अभिव्यक्त हुए हैं, अध्यात्मिक, मंडलों में विचार करने वाले महापुरुषों ने सहज भाव से जो कहा, वह काव्य बन गया, कविता बन गई, उसी प्रकार डॉ. महेन्द्र शर्मा 'मधुकर' ने पेशेवर कवि न होते हुए भी अपने अनुभवों से अपने विचारों से आध्यात्मिक अनुभव के प्रखर भाव को अपनी कविताओं में लाकर एक उदाहरण पेश किया है। इस प्रकार हम देखते हैं कि शर्मा जी की रचनाओं में छन्दों की जो विशेषताएँ हैं, उनका पालन करते हुए, विषय वस्तु की दृष्टि से अलग-अलग जीवन अनुभवों को रेखांकित होती हैं।

जैसे कि -

दुनिया है ये मानव जीवन

....

जीवन में सन्तुष्ट तो देखा नहीं फकीर

....

आजादी का जश्न है...

....

तजुर्बों ने ही ज़िन्दगी...

....

उलझी उलझी ज़िन्दगी....

....

सुख दुख की चाहत नहीं...

....

समस्त रचनाएँ कभी नीतिपरस्त बातों को बताती हैं कभी व्यक्तियों की पहचान कराती हैं तो कभी राजनैतिक, कभी आर्थिक, सामाजिक, धार्मिक परिस्थितियों का आज के सन्दर्भ में आकलन कराती हैं। मुझे उम्मीद है कि मधुकर जी की संकलित कविताएँ पाठकों को अवश्य रसानुभूति की ओर ले जाएंगी और वो अपनी अनेक पुस्तकें हिन्दी कविता के साहित्य को समर्पित करेंगे।

मैं डॉ. महेन्द्र शर्मा 'मधुकर' जी की पुस्तक 'नई उमंग' के प्रकाशनोत्सव पर बहुत-बहुत बधाई देता हूँ कि वे निरन्तर अपनी लेखनी को निखार देते रहें। पुस्तक के प्रकाशक को भी बहुत-बहुत धन्यवाद जिनके कारण यह पुस्तक सुन्दर कलेवर के साथ छपकर हमारे सामने आ सकी।

15/10/2019

डॉ. समोद सिंह चरौरा
बी-1001, एन्डोर (हैप्पी होम्स)
ग्रेटर फरीदाबाद (हरियाणा)
मो.: 9999276269

अपनी बात

अपार हर्ष का अवसर है कि मैं आपके सम्मुख अपना आठवाँ काव्य संग्रह प्रस्तुत कर रहा हूँ। इसमें कुछ गीत हैं, मुक्तक हैं, दोहे हैं। सभी विभिन्न विषयों पर लिखे गए हैं। मन में जो भी भाव उत्पन्न होते हैं उनको मैं कविता, मुक्तक के रूप में लिख देता हूँ। मुझे पूरी उम्मीद है कि यह पुस्तक आपको पसन्द आएगी।

मैं अपने सभी कवि साथियों विशेषकर डॉ. समोद सिंह चरौरा जी का हृदय तल से आभारी हूँ, जो समय-समय पर मेरा उत्साहवर्द्धन करते रहते हैं।

पाठकों के कीमती सुझावों का हमेशा स्वागत है, इससे मेरी कविता और समृद्ध होगी तथा और अच्छा लिखने की प्रेरणा मुझे मिलेगी।

वर्ष 2014 में मेरी पहली कृति प्रकाशित हुई थी। मैंने यह कभी सोचा भी नहीं था कि मैं आज आठवीं पुस्तक आपके सामने प्रस्तुत कर रहा होऊँगा। यह सभी माँ सरस्वती की अनुकम्पा है जो निरन्तर लिखने के लिए प्रेरित होता हूँ। फेसबुक पर मेरे पेज 'Poet Madhukar' को पसन्द करने और स्नेह देने के लिए मैं आप सभी का हार्दिक धन्यवाद प्रकट करता हूँ।

- डॉ. महेन्द्र शर्मा 'मधुकर'

मोबाइल – 9868938188, 9871809092

ई-मेल- msharma1045@gmail.com

सरस्वती वन्दना

करूँ वन्दन मैं चरणों में, झुकाता शीश हूँ अपना
सुनो माँ प्रार्थना मेरी, करो पूरा मेरा सपना

अधूरी रह गई हैं जो, सभी इच्छा करो पूरी
करो तुम दूर बाधाएँ न छोड़ूँ नाम मैं जपना
करो स्वीकार भावांजलि, भरी है प्यार से मेरी
लगन तेरी लगाता हूँ, लगाता मन से मैं फेरी
मुझे वरदान दो ऐसा, सिखा दो भक्ति में तपना
सुनो माँ प्रार्थना मेरी, करो पूरा मेरा सपना

करूँ मैं कर्म खुद ऐसे, मेरा विश्वास बढ़ जाए
निराशा का करूँ तर्पण, स्वप्न परवान चढ़ जाए
खुशी से भर मेरी झोली, सिखा दुष्कर्म से बचना
सुनो माँ प्रार्थना मेरी, करो पूरा मेरा सपना।

श्रमिक

श्रमिक शोषित हो रहा, नहीं किसी का ध्यान
परिश्रम करता रात-दिन, धूमिल है पहचान

थककर भूखा सो गया, वो भी भूखे पेट
धरती को आसन बना, जाता नीचे लेट
जीवन कटता दर्द में, रहता है अनजान
परिश्रम करता रात-दिन, धूमिल है पहचान

पत्थर है ये नींव का, खड़ी इमारत होय
जीवन बीते कष्ट में, उन्नति करे नकोय
जनक राष्ट्र निर्माण का, मिले मान-सम्मान
परिश्रम करता रात-दिन, धूमिल है पहचान

मदद इन्हें भी चाहिए, हो जीवन खुशहाल
मजबूती हो आर्थिक, इनको लो सम्भाल
मेहनत करता है अथक, गढ़ता नव सोपान
परिश्रम करता रात-दिन, धूमिल है पहचान

प्रभु शरण

श्रद्धा से जो द्वार तुम्हारे शीश झुकाता है
जैसी भी हो बिगड़ी वो तकदीर बनाता है

अन्तर्मन जब निर्मल हो, निर्मल हो तस्वीर
आईना भी उसे दिखाता, जिसकी हो तस्वीर
परोपकार के काम करूँ, जीवन लगे अबीर
बन जाता है कर्म जहां में, खुद ही एक नजीर
सद्कर्मों में समय बितने लग जाता है जीवन
पुण्य कर्म से बन जाती है जीवन की तासीर।

प्यारी माँ

जीवन मेरा तुम हो मैय्या, हो जीवन आधार
बड़े प्यार से पाला मुझको, किया बहुत उपकार

हर मौसम से बचा के मुझको, दिया सही आकार
नजर किसी की लगे कभी ना, दुश्मन हो लाचार
माँ के पास मैं जब भी आता, होती खुशी अपार
बड़े प्यार से पाला मुझको, किया बहुत उपकार

कोई मुश्किल जब भी आती, बन जाती है ढाल
करूणा की वो मूरत हो तुम, सबको रहीं सम्भाल
पाल पोस कर बड़ा किया है, दिल से है आभार
बड़े प्यार से पाला मुझको, किया बहुत उपकार

माँ तेरा है इस धरती पर, सबसे सुन्दर रूप
नौका है परिवार की मैय्या, कभी न देखे धूप
बुरे कर्म से दूर हटाती, देकर शुभ संस्कार
बड़े प्यार से पाला मुझको, किया बहुत उपकार

माँ के दिल में हर पल बहती, करुणा की रसधार
मुक्त हृदय से भरती है वो, हर दिल में निज प्यार
डोर विश्वास की जोड़े रखती, खुश रहता परिवार
बड़े प्यार से पाला मुझको, किया बहुत उपकार।

यादें

स्वप्न दिखाकर कहाँ चले गए, हिचकी आती है
हुई विदाई बिना समय के, याद सताती है

बहते रहे जीवन प्रवाह में, सम्भल न पाए हम
सुख-दुख बहुत मिले दुनिया में, खुशियाँ हो गयी कम
मोह माया की इस दलदल को, देखा जीवन भर
कोशिश रही सदा ही ऐसी, नहीं रहें निर्भर
वही कहानी घर आकर अब, दर्द सुनाती है
स्वप्न दिखाकर कहाँ चले गए, हिचकी आती है

विरह की अग्नि में जलना ही, लिखा था किस्मत में
कष्ट उठाए बहुत हमीं ने, उनकी खिदमत में
आज वियोग की बेला में हम, खड़े अकेले हैं
आना-जाना विधि हाथ है, ये सब मेले हैं
बार-बार दिल ये कहता है, वो जज्बाती है
स्वप्न दिखाकर कहाँ चले गए, हिचकी आती है

एक घरौंदा बना के देखा, गुजर बसर होगी
जो उस तक ले जाए हमको, कहाँ डगर होगी
भावनाओं की किरणों से यूँ, 'मधुकर' दूर रहा
जब तक रहा उजाला घर में, सुख भरपूर रहा
आज उसी की यादें सारी, दिल दहलाती हैं
स्वप्न दिखाकर कहाँ चले गए, हिचकी आती है।

गणतन्त्र दिवस

भारत का गणतन्त्र दिवस है, राष्ट्रीय त्यौहार
छब्बीस जनवरी को आता है, करते सब इन्तजार

संविधान जब हुआ था लागू, बना था ये दिन खास
स्वागत इसका करते हम सब, दूर रहें या पास
तन-मन में ये कर जाता है, नवशक्ति संचार
छब्बीस जनवरी को आता है, करते सब इन्तजार

संविधान का पालन करना, और करो सम्मान
जन-जन की भागीदारी हो, ऐसा बने विधान
आओ मिलकर सभी उठायें, हर निर्धन का भार
छब्बीस जनवरी को आता है, करते सब इन्तजार

भिन-भिन्न हैं धर्म यहाँ पर, भिन्न-भिन्न हैं भेष
सभी एकता का देते हैं, प्यार भरा सन्देश
समरसता से गिर जाती है, नफरत की दीवार
छब्बीस जनवरी को आता है, करते सब इन्तजार

भारत का गणतन्त्र दिवस है, राष्ट्रीय त्यौहार
छब्बीस जनवरी को आता है, करते सब इन्तजार।

नव वर्ष

नववर्ष में साथ हर्ष के, करके अन्त निराशा का
आज खुशी के साथ थाम लें, आगे बढ़कर आशा का

मिलकर सभी रहें जहाँ में, वक्त कटेगा प्यार से
कष्ट होंगे दूर सभी के, आपस के दीदार से
लक्ष्य हमेशा आगे बढ़ना, रोज नयी अभिलाषा का
आज खुशी के साथ थाम लें, आगे बढ़कर आशा का

जीवन की खुशियों को लेकर, नया साल फिर आया है
उच्च आदर्शों को पूरा करने, नया ख्याल ले लाया है
अपनी समझ से करो अन्त तुम अपनी हर जिज्ञासा का
आज खुशी के साथ थाम लें, आगे बढ़कर आशा का

पक्का रख विश्वास हमेशा, जल्द मंजिल पा जाओगे
करना परिश्रम रात-दिन, जल्द साहिल पा जाओगे
बुद्धि बल रख तेज हमेशा, समझ अर्थ परिभाषा का
आज खुशी के साथ थाम लें, आगे बढ़कर आशा का

करना प्रभु जी कृपा इतनी, चलूँ बिना रुकावट के
चढ़ें सफलता के सैपान, हम बिना थकावट के
पीछे छोड़े कड़वी बातें, छोड़ें झूठ दिलासा का
आज खुशी के साथ थाम लें, आगे बढ़कर आशा का।

दीपावली

दीपों की माला लिए आया दीपावली का त्यौहार
भाइचारे का ले सन्देश, खुशियों की लाया भरमार

माँ लक्ष्मी का हुआ आगमन, ऐसी लगी लगन
झूम रहे हैं सभी खुशी से, बच्चे खेलन में मगन
बम-पटाखे फूट रहे, मिठाई के सजे बाजार
दीपों की माला लिए, आया दीपावली का त्यौहार

रामचंद्र जी आए वन से, घर घर खुशी के दीये जले
उदास थे जो जीवन में, उन सबके संकट टले
मिलजुल रहे सभी प्यार से, नफरत की गिरे दीवार
दीपों की माला लिए, आया दीपावली का त्यौहार

गोवर्धन, भैय्या दूज, छोटी और बड़ी दीपावली
पंचपर्व का त्यौहार निराला, लाता है खुशहाली
विश्वकर्मा जी के दिन, पूजे जाते सभी औजार
दीपों की माला लिए, आया दीपावली का त्यौहार

मीठी-मीठी ठंड शुरू, होता मस्त कार्तिक मास
उपहार इक-दूजे को बाँटें, दूर रहें या कोई पास
समभाव की बढ़ा भावना, मिले खुशी बड़ी अपार
दीपों की माला लिए, आया दीपावली का त्यौहार।

माँ स्तुति

अबोध सा बालक हूँ मैय्या, कल्याण मेरा कीजिए
शरण तुम्हारी आया हूँ, ध्यान मेरा दीजिए

प्रार्थना मैं कर रहा आपसे, पूर्ण करिए मेरे काम
नाम तुम्हारा जपता रहूँ मैं, सुबह और शाम
सदा करूँ सम्मान बड़ो का, ऐसा ज्ञान दीजिए
अबोध-सा बालक हूँ मैय्या, कल्याण मेरा कीजिए

दुर्गम पथ पर आगे बढ़ता, छू जाऊँ आकाश को
तोडऩा कभी न मैय्या, तू मेरे विश्वास को
निर्धन की करूँ मैं सेवा ऐसा वरदान दीजिए
अबोध-सा बालक हूँ मैय्या, कल्याण मेरा कीजिए

विद्या, विनय, प्रखर बुद्धि की हो तुम दायक दाता
नाम जो भजे तुम्हारा, रिद्धि सिद्धि वो है पाता
कीर्ति पताका फहरे जग में, ऐसा अहसान कीजिए
अबोध-सा बालक हूँ मैय्या, कल्याण मेरा कीजिए

करुणा रहे हृदय में मेरे, जीवन में सद्भाव हो
सहिष्णुता की शक्ति देना, जन-जन में समभाव हो
'मधुकर' रहे शरण में तेरी, विद्या का दान दीजिए
अबोध-सा बालक हूँ मैय्या, कल्याण मेरा कीजिए।

रक्षाबन्धन

त्यौहार बहन की रक्षा का है, इसे जरूर निभाना है
भाई-बहन का प्यार बढ़ाता, यह एक मधुर तराना है

रक्षाबन्धन त्यौहार हमारा, करता सबका है वन्दन
आपसी रिश्तों का करता, हमेशा से है अभिनन्दन
प्रसन्न रहे बहन जीवन में, रिश्तों को मधुर बनाना है
त्यौहार बहन की रक्षा का है, इसे जरूर निभाना है

राखी को न समझो धागा, रक्षा कवच है भाई का
भाईचारे का सन्देश है देता, जीवन सुखदायी का
खिलें फूल मन उपवन में, मकरन्द को फैलाना है
त्यौहार बहन की रक्षा का है, इसे जरूर निभाना है

प्रेम मिलन का पर्व निराला, खुशबू का है ये चन्दन
सुरक्षा सभी की करता जो, वो है देवकी का नन्दन
भरोसा हो इतना जीवन में, रहे हमेशा मुस्कुराना है
त्यौहार बहन की रक्षा का है, इसे जरूर निभाना है।

मानव जीवन

दुर्लभ है ये मानव जीवन, करो समझ से काम
धीरे-धीरे हो जाएगी, इक दिन इसकी शाम

अजब निराली बात है इसकी, सुख-दुख रहें करीब
रोज गमी है रोज ख़ुशी है, लीला बड़ी अजीब
दीन-दुखी की मदद करो तुम, होगा जग में नाम
दुर्लभ है ये मानव जीवन, करो समझ से काम

जीवन में कुछ देना सीखो, बढ़े तुम्हारा मान
हँसती-गाती चले जिन्दगी, मिले सदा सम्मान
प्रभु का सुमिरन करो सदा ही, पाओ चारों धाम
दुर्लभ है ये मानव जीवन, करो समझ से काम

कुछ ऐसा कर जाओ तुमको, देखे सभी जहान
दुखियों का दुख दूर करो तुम, रक्खो सबका ध्यान
परहित में गर कदम चलेंगे, अच्छे हों परिणाम
दुर्लभ है ये मानव जीवन, करो समझ से काम

पानी कभी न पीती नदिया, रखती सबका ध्यान
पशु हमारी सेवा करते, करे नहीं अभिमान
काम करो निस्वार्थ भाव से, प्यार का दो पैगाम
दुर्लभ है ये मानव जीवन, करो समझ से काम।

भावांजलि

हर पल माँ के ही आँचल का, होता है एहसास
चिंता करती थी वो मेरी, दूर रहूँ या पास

रहा हमेशा बचपन से ही, माँ का साया दूर
जब भी हुआ दुखी जीवन में, प्यार मिला भरपूर
दर्द हमेशा होता उनको, जब मैं हुआ उदास
चिंता करती थी वो मेरी, दूर रहूँ या पास

सोते-सोते जब भी डरता, लगती काली रात
चाहे जागूँ चाहे सोऊँ, सर पे होता हाथ
अच्छा वक्त आएगा बेटा, मत हो कभी निराश
चिंता करती थी वो मेरी, दूर रहूँ या पास

अर्पित करता हूँ माँ तुमको, भावांजलि के फूल
मुझको माफी देना गर हो, मुझसे कोई भूल
मदद गरीबों की करने में, करती थी विश्वास
चिंता करती थी वो मेरी, दूर रहूँ या पास

प्रभु से मेरी यही प्रार्थना, करना नहीं निराश
मेरे घर में सदा रहे प्रभु, मेरी माँ का वास
याद मुझे जब आये माँ की, देखूँ मैं आकाश
चिंता करती थी वो मेरी, दूर रहूँ या पास।

विदाई

खुशियाँ भी गम दे जाती हैं, जब भी होए विदाई
दुनिया वाले ने इस जग में, कैसी रीत बनाई

रहे इकट्ठे बहुत दिनों तक, था वो साथ सुहाना
आप हमेशा खुश ही रहना, यादों में नहीं रूलाना
सबका समय प्रेम से बीता, हुई नहीं रूसवाई
जीवन में तुम करते रहना नेकी और भलाई
दुनिया वाले ने इस जग में, कैसी रीत बनाई

ये वक्त हमेशा याद रहेगा, साथियों से मिलने का
हँसी-खुशी का साथ हमारा, फूलों से खिलने का
खुशियों की ही बजे हमेशा, जीवन में शहनाई
महकेगा घर बार आपका, खुशियाँ रहें समायी
दुनिया वाले ने इस जग में, कैसी रीत बनाई

साथ रहा अद्भुत हमारा, सबसे प्यारा था
मिलजुल बीता जो समय, वो सबसे न्यारा था
मीठे बोल सुरीले हमेशा, हमको देते नहीं सुनाई
भविष्य हो उज्जवल सदा, यादें रहें सुखदायी
दुनिया वाले ने इस जग में, कैसी रीत बनाई।

साँसों का पिंजरा

रोज पतंग कटे जीवन की, इतनी नाजुक डोर
नाजुक है साँसों का पिंजरा, दुख-दर्दों का शोर

भगवान तुम्हारे चरणों में, जीवन की हो शाम
नाम तुम्हारे वसीयत करके, मैं हूँ भाव विभोर

ख्वाब रातभर आते हैं तो, उड़ जाती है नींद
भवसागर का बन्धन ऐसा, चले न कोई जोर

कौन सुखी है कौन दुखी है, किसने देखे राम
समझ किसी के कभी न आया, कहाँ है इसका छोर

भक्ति से हम शक्ति लेकर, लेकर शुद्ध विचार
चलें प्रभु का वन्दन करने, अन्त समय की ओर

'मधुकर' ये संसार निराला, पल-पल बदले रंग
जीव उलझता गया चक्र में, कभी न आई भोर।

चन्द्रमा

रूप है तेरा बड़ा सलोना, सबके मन को भाता
सबसे प्यारा लगे चन्द्रमा, जोड़े सबसे नाता

पूर्णमासी पर यौवन में, जब भी तू होता है
सबके दिल में बीज प्रेम के, तू ही तो बोता है
इस धरती पर तुझे देखकर, जश्न मनाया जाता
सबसे प्यारा लगे चन्द्रमा, जोड़े सबसे नाता

सभी प्रेमियों के जीवन का बहता दरिया है तू
प्रेमी शायर करें शायरी, उनका जरिया है तू
कविता पढ़कर हर प्रेमी तब, खुद नजदीकी पाता
सबसे प्यारा लगे चन्द्रमा, जोड़े सबसे नाता

सुहागिनों के लिए सदा से, तू ही मनभावन है
बहनों से है तेरा रिश्ता, जग में ये पावन है
नाम तेरा ले-लेकर हर दिल, गीत प्रेम के गाता
सबसे प्यारा लगे चन्द्रमा, जोड़े सबसे नाता

विज्ञान जगत में होड़ मची है, चन्दा पे जाना है
सबसे पहले वहाँ पहुँचकर, झंडा फहराना है
रहस्य तेरा कोई समझ न पाया, जाने इसे विधाता
सबसे प्यारा लगे चन्द्रमा, जोड़े सबसे नाता।

तीज

तीज का आया है त्यौहार
खुशियों की लाया है बहार
घेवर, गुंजियों की महक है
परस्पर बढ़ रहा है प्यार

साथ पींग के गीत गूँजते
सब हैं प्रेमरथ पे सवार
बो रहे हैं बीज सदभाव के
नफरत की गिरी है दीवार

मधुर सुगंध से महका उपवन
मन्द-मन्द शीतल चले बयार
संगीत लहरी बजे पवन में
झूमने को सभी हैं तैयार

मस्ती भरा माहौल बना है
गले मिल रहे सब नर-नार
हरियाली का है मस्त नजारा
महिलाएँ गा रही मल्हार

'मधुकर' संग झूमें तितलियाँ
खुशियों की आई है बहार
बारिश की पड़ रही फुहार
तीज का आया है त्यौहार।

घनाक्षरी-1

प्रेम की छिड़ी है जंग 'मधुकर' संग-संग
खुशबू के फैलते ही, उठती तरंग है
कवि को विलाप की न, कोई होती आस यहाँ
कविता से प्यार के, बिखेरता वो रंग है
फूलों की सजेगी शाम, भरेंगे खुशी के जाम
बंद होगी भाई से जो, भाई की ये जंग है
अपना और गैर का मैं, फैसला करूँगा कैसे
कल वो जो आपका था, आज मेरे संग है।

घनाक्षरी-2

भारत का वासी हूँ मैं, प्रेम अभिलाषी हूँ मैं
शान से मैं रहता हूँ, यही अभिमान है
दुश्मनों के बीच रहे, अपनों का वार सहे
सीमा की जो रक्षा करे, हिन्द का जवान हैं
दिन हो या रात चाहे, शत्रु को मजा चखाते
प्रेम के पुजारियों का, देश ये महान है
दौड़ में रहेगा आगे, मंजिलों की ओर भागे
न्यारा है ये देश मेरा, प्यारा हिन्दुस्तान है।

मुक्तक सुगन्ध

प्रभु नाम है सबसे ऊपर, उसपे सबका है अधिकार
सुख-दुख में जो है भजता, होता उसका बेड़ा पार
निष्काम भाव से करे याद जो, रहता सदा सुखी है वो
अन्तर्मन से करो ध्यान जब, मिलती खुशी बड़ी अपार।

❖ ❖ ❖

अनुपम रहता है जीवन, अगर हो मानसिक शान्ति
मन की अशान्ति है विष बेल, करती दूर विश्रान्ति
मानव मन करता सदा, विस्मित जीवन की आभा
छोड़ काम क्रोध मद लोभ को, होगी दूर भ्रान्ति।

❖ ❖ ❖

संयम वाणी पर जिसका, हर कार्य उसका फला
समाधान वो पाता जग में, जो जाने इसकी कला
बोलो उतना ही हमेशा, बोलना जितना जरूरी है
पहले तोला फिर बोला, हुआ उसका सदा भला।

❖ ❖ ❖

आँसू और खुशी की, अद्भुत रही हमेशा जोड़ी
कभी न रहते एक साथ में, पर कसम कभी न तोड़ी
दोनों इस जीवन में आते, जाते सदा अकेले
इक-दूजे की आते-जाते, राह सदा ही मोड़ी।

❖ ❖ ❖

ठोकर खाकर जो सम्भले वो इन्सान निराला
गिरता है जो नजरों से, न मिले उसे निवाला
गिर-गिर के जो सम्भले, होते हैं विरले इन्सान
समरसता में होता सदा, मन्दिर और शिवाला।

❖ ❖ ❖

मुसलसल चलते रहे, सुकून की तलाश में
छोड़ गए साथ सब, आया न कोई पास में
कोशिश करते रहे, मिलेगी मंजिल जरूर
होंगे सफल जरूर, कट रहा जीवन इस आस में।

❖ ❖ ❖

सच्चे दोस्त मिलते बहुत कम इस जहान में
जान जो लुटा देते अपनी, दोस्तों के सम्मान में
निभाए साथ मुश्किलों में वही मित्र प्यारा है
अपनी खुशी ढूँढें सदा, दोस्त की मुस्कान में।

❖ ❖ ❖

अथाह तेरा प्यार देखा, अथाह तेरी गहराई
अथाह तेरा उछाल है, अथाह तेरी अच्छाई
राज है क्या इसका, या आदत की मजबूरी
अशान्त रहकर भी शान्त है, यही है तेरी सच्चाई।

❖ ❖ ❖

ज्ञान उपार्जन के लिए, आओ सद्गुरु की शरण
बुद्धि होगी शुद्ध तब, भवसागर से हो तरण
मुमुक्षा, जिज्ञासा बनाती, ज्ञान योग्य इन्सान को
सद्मार्ग पर हो अग्रसर, कर पुण्य कर्मों का वरण।

❖ ❖ ❖

तीव्र इच्छा और ललक से मुक्ति मिलती मानव मन को
मुक्ति मिलते ही, प्रभु की भक्ति मिलती मानव मन को
फिर वह चाहे गृहस्थी ही हो, या हो फिर पूरा सन्यासी
जिज्ञासा का उदय हुआ तब, शक्ति मिलती मन को।

❖ ❖ ❖

चाह 'मधुकर' की यही, गम का साया न हो कहीं
प्यार से जीवन कटे, झूठी मोह-माया न हो कहीं
झूमकर नाचें सभी, हो गीत खुशियों से भरे
गीत ऐसा गुनगुनाओ, जो कभी न गाया हो कहीं।

❖ ❖ ❖

राजगुरु सुखदेव भगत सिंह का न था कोई सानी
हिला जड़ें अंग्रेजों की, दी थी अपनी कुर्बानी
मां भारती के यह, तीनों ही बहादुर लाल थे
याद सदा इतिहास में, रहेगी इनकी अमर कहानी।

❖ ❖ ❖

अजब-गजब होते यहाँ, जिन्दगी के अफसाने
ढूँढोगे गर भीड़ में, मिलेंगे दीवाने ही दीवाने
मिलता है किसे चैन यहाँ अपनी ही कहानी से
प्यार-प्रेम बढ़े आपस में, न करना कभी बहाने।

❖ ❖ ❖

जीवन में सन्तुष्ट तो, देखा नहीं फकीर
करे नहीं निज कर्म को, कोस रहे तकदीर
अपनी इच्छा पर रखे, जो अपना कंट्रोल
पैसे में बिकता नहीं, है अनमोल जमीर।

❖ ❖ ❖

शक का होता ही नहीं, कभी कोई आधार
जीवन में होते सभी, इस पल से दो-चार
होते विश्वास से, सफल सदा ही काज
पड़ती है बेवक्त ही, बुरे वक्त की मार।

❖ ❖ ❖

कभी न हो लोक हँसाई जग में
काँटा न चुभे कभी चलते पग में
सुखी जीवन हो मेरे दोस्त का
सत्य पथ पर हों, शक्ति हर डग में।

❖ ❖ ❖

घमण्ड के मारे सभी जो चूर होते हैं
ख्वाब उनके रोज ही काफूर होते हैं
कौन सुनता है व्यथा 'मधुकर' यहाँ सबकी
दोस्त भी तो आज-कल नासूर होते हैं।

❖ ❖ ❖

सीखो सलीका कुछ कहने का
सीखो सलीका दिल में रहने का
वक्त तो यूँ ही कट जाएगा आप
सीखो सलीका नदी-सा बहने का।

❖ ❖ ❖

तिश्नगी होती है, सदा हमेशा प्यार में
मिलन की गहराई होती है दीदार में
बात बन जाती है सदा बिगड़ी हुई
आता है मजा जैसे जश्न-ए-बहार में।

❖ ❖ ❖

होता है अजब खुशियों का सदा मंजर
कर देता है वक्त इन्हें कभी भी बंजर
चलता रहता है वक्त, थम-सी गई जिन्दगी
अपने ही घोंपते देखे पीठ में खंजर।

❖ ❖ ❖

शुक्रिया करता 'मधुकर' दिल-ओ-जान से
सुखी सर्वदा रहें आप, दुआ है भगवान से
खुशियों से भर जाए घर-आँगन आपका
सदा रहे परिवार आपका, जहाँ में शान से।

❖ ❖ ❖

हृदय की गहराई से आपको करता हूँ नमन
कीर्ति पताका फहराएँ, हो खुशी का आगमन
बिन बाधा आगे बढ़ें, आप जीवन पथ पर
सुखद हर अहसास रहे, हो दुखों का शमन।

❖ ❖ ❖

सह रहा हूँ मैं दर्द को, इसका मुझे अहसास है
दूर रहते थे जो सदा, आज लगते पास हैं
जीवन के हर मोड़ पर, दुख को सहा है मैंने
सिलसिला रुकेगा जरूर, ऐसा मेरा विश्वास है।

❖ ❖ ❖

मिट्टी है जीवन का आधार
रक्खो तुम अपने ठीक विचार
हो जाएगी जिस दिन तेरी हार
तब समझेंगे हम इसका सार।

❖ ❖ ❖

लहरों में इक, अजीब-सा दर्द है
ऊपर जाती कभी नीचे, सीना सर्द है
हलचल है मची, तूफान का अंदेशा है
कोलाहल है, सोचकर नदी हुई जर्द है।

❖ ❖ ❖

गिर्राज जी की माया निराली, बड़ी है अपरम्पार
याद दिल से किया है जिसने, हुआ उसका उद्धार
परिक्रमा से आनन्द मिलता, मन्नत पूरी होती है
प्रेम बढ़ाता समाज में, देते हैं दृढ़ आधार।

❖ ❖ ❖

जीवन में शिष्य के, है गुरु का अहम स्थान
सुख अपने छोड़कर, रखते शिष्यों का ध्यान
दूर कर अन्धकार को, ज्ञान ज्योति हैं जगाते
बिना गुरु के गति नहीं, करो दिल से सम्मान।

❖ ❖ ❖

मानवता हो जीवन में, तो रखोगे अपनी पहचान
सपने सच होते उसके, बढ़ती सदा ही शान
मानव जीवन है दुर्लभ, जानो इसकी गहराई
परोपकार करो सबका, रखकर अपना ध्यान।

❖ ❖ ❖

अजीब बड़ा ही होता, ये मोहब्बत का बन्धन
मिल जाए तो बातें लम्बी, नहीं तो होता है क्रन्दन
खोए रहते हैं यादों में, आस मिलन की बेला की
आती जब घड़ी मिलन की, नव होता है सपन्दन।

❖ ❖ ❖

फूल बहुत ही नाजुक होते, नहीं कभी तोड़ो तुम
पूजा दिल से करो हमेशा, नाता प्रभु से जोड़ो तुम
सुगन्ध हवा में फैलाते हैं, रंग-बिरंगी तितली से
प्रकृति का करो सम्मान, दुर्भावना को छोड़ो तुम।

❖ ❖ ❖

दो दिलों का अहसास है, ये राखी का त्यौहार
बढ़ाता है सौहार्द को, भाई-बहन का प्यार
सद्भावना व सम्मान का, है ये अद्भुत मिलन
सभी झूमते हैं मस्ती में, मिलती है खुशी अपार।

❖ ❖ ❖

हृदय की गहराई से दोस्तों को करता हूँ नमन
सुख सदा ही रहे पास में, दुखों का हो गमन
खुश रहें मित्र हमेशा, दुआ प्रभु से करता हूँ
गूँजें खुशियों का तराना, महके जीवन का चमन।

❖ ❖ ❖

प्रेम का है ये बन्धन, खुशबू का चन्दन है
सम्बन्धों की कड़ी है ये, रिश्तो का वन्दन है
भरोसे का मीत है ये, जीवन का संगीत है
भाई-बहन के प्यार का, ये रक्षाबन्धन है।

❖ ❖ ❖

मोती से पिरो दिए, दे शब्दों को संगीत
देशभक्ति की जली है लौ, मिला दिए मनमीत
देशप्रेम जैसे रिश्ते मिलते नहीं इस जहां में
फहरा रहा है तिरंगा, गूँजें देशभक्ति के गीत।

❖ ❖ ❖

आजादी का जश्न है, गा रहे सभी मंगल गान
एक स्वर में मिल के बोलो, मेरा भारत महान
लहरा रहा तिरंगा प्यारा, है माहौल खुशी का
गूँजें चहुँदिशाओं में, जय-जय-जय हिन्दुस्तान।

❖ ❖ ❖

हो नाम रोशन भारत का, विश्व के पटल पर
चित एकाग्र रखो हमेशा, हर सुनहरे पल पर
भाईचारा हो सभी में, सहिष्णुता समभाव हो
भूल सदा भेदभाव को, भरोसा रख आत्मबल पर।

❖ ❖ ❖

सो रही थी मेरी लेखनी, फिर से गई है जाग
प्रकट होकर नए रूप में, छेड़ा अलग-सा राग
शुक्रिया प्रभु का करे 'मधुकर', हृदय की गहराई से
विचार आए अब नियन्त्रण में, जो रहे थे भाग।

❖ ❖ ❖

मंजिल मकसद हो जाए, तो सफर सुहाना होता है,
बिना वजह ही जल जाए, वो परवाना होता है
लेता मौसम अँगड़ाई, आफत कलियों की आती है,
गम जहाँ पर भूले जाएं, वो मैखाना होता है।

❖ ❖ ❖

उपवन का शृंगार हमेशा फूल होता है
जीवन का आधार सदा उसूल होता है
जग में कदम-कदम पर, इसी तरह ही
प्यार भरा व्यवहार, सदा माकूल होता है।

❖ ❖ ❖

जहाँ कभी सहरा में, जब हरियाली होती है
चहुँदिशाओं में, हर ओर खुशहाली होती है
हो सुहाना जब मौसम, तो मन हर्षित होता है
वन-उपवन रहें हरे-भरे, रोज दीवाली होती है।

❖ ❖ ❖

समाई हो सबके दिल में, प्यार की आवाज
हो खुशियाँ हर जगह, तो बजते रहेंगे साज
हो सद्भावना आपस में, ऐसा जहाँ चाहता हूँ
बेटियों के सिर सजे, हमेशा सफलता का ताज।

❖ ❖ ❖

परेशानी का सबब रहा है, सदा से ही तीन तलाक
फँसा है जो इसके जाल में, होता रहा हमेशा खाक
प्राचीन प्रथा को छोड़ो अब, करो आज पे विश्वास
कानून का करो सम्मान, सदा बढ़ेगी आपकी साख।

❖ ❖ ❖

राहों में जब मिलें काँटे, मैंने फूल बिछाए हैं
हो मिलन या जुदाई, आँसू प्यार के बहाए हैं
न होना गाफिल कभी, गम-ए-जिन्दगी से
तेरी यादों को संजोकर, दिन अपने बिताए हैं।

❖ ❖ ❖

मशालों को जलाया है मैंने, अन्धेरों को छाँटा है
रास्ते को रोका है जिसने, उसे सदा ही डाँटा है
पथ पर हम बढ़ते रहे हमेशा, देखा कभी पीछे नहीं
बने रुकावट जो जीवन में, करते हमेशा घाटा है।

❖ ❖ ❖

जो भी होता है जहाँ में, कौन करता जिक्र है
कोई चिंता करे नहीं, किसको किसकी फिक्र है
ख्वाबों में जो सदा, खोए-खोए से रहते हैं
बच जाते हैं वो भी, सब खुदा का शुक्र है।

❖ ❖ ❖

मुक्तक छटा

लिख रहा हूँ मैं दिल से, है कलम की धार
सत्य को मैं लिखता हूँ, हो चाहे वक्त की मार
कलम मेरी चलती रहे, दो माँ ऐसा वरदान
ख्वाब मधुर मैं देखता, सोचता सदा ही प्यार।

❖ ❖ ❖

देख रहा हूँ ख्वाब मैं, मिलेगी सफलता जरूर
दर्द हृदय में बढ़ रहा, मेरा क्या है कसूर
दर्द के रिश्ते जी रहा हूँ, बढ़ रहा है प्यार
सद्विचार है हृदय में, करूँ सद्व्यवहार।

❖ ❖ ❖

किया है जो भरना होगा, लिखा है यही विधान
करो कर्म जीवन में जब, रखो सदा ही ध्यान
जैसी करनी वैसी भरनी, सुनते सदा से आए
सत्य हुआ है कथन वही, करो कानून का सम्मान।

❖ ❖ ❖

देता है संविधान सदा परस्पर एकता का सन्देश
भिन्न-भिन्न हैं भाषा यहाँ पर, है ऊपर सबसे देश
पहुँचे हिंसा जब चरम पर, होते हैं सब बेहाल
आम जनता की करो रक्षा, सभी को समझो विशेष।

❖ ❖ ❖

बचो उनसे पल-पल रंग बदलते जो इन्सान
समय थोड़ा हो बेशक, बनना चाहते हैं वो महान
खुश रहते हैं वो सदा, कीमत वक्त की जो जानते
अपनी बात पर अडिग रहते, रखते सबका ध्यान।

❖ ❖ ❖

जिन्दगी हुई तभी से पूरी, मिले जबसे हमराज
मिलन हुआ है उनसे, ख्वाब चढने लगे परवाज
मधुर रहा ये मिलन, कट रहा है वक्त प्यार से
सुखद हुआ है जीवन अब, बज रहे हैं साज।

❖ ❖ ❖

होता है सबसे ऊपर, निजता का ये अधिकार
हस्तक्षेप करे जब कोई, दो उसको सदा नकार
सभी एक हैं यहाँ पर, सभी एक समान
सद्भाव हो परस्पर, गिरेगी नफरत की दीवार।

❖ ❖ ❖

काँटे राहों में बहुत हैं, सम्भल-सम्भल के चल
चलता रहता है चक्र समय का, हो आज या कल
जीवन का मतलब है चलना, थमने की अब बात नहीं
मेहनत करते रहो हमेशा, ग्रहण करोगे मीठा फल।

❖ ❖ ❖

कभी सोचा भी न था, जल्द ही मिलेंगी मंजिल
लिखा है जो किस्मत में, होगा वही हासिल
कर्म के संग ही किस्मत का लेखा-जोखा है
मेहनत करो हमेशा, मिलेगा जो दूर है साहिल।

❖ ❖ ❖

काम ऐसे करो हमेशा, उठे न कभी सवाल
कर्म का रख लेखा-जोखा, अपने को ले सम्भाल
आना-जाना इस दुनिया में, विधि का है विधान
शान्ति रहे सदा जीवन में, हो न कभी बवाल।

❖ ❖ ❖

तजुर्बों ने ही जिन्दगी में, हमें सबकुछ सिखाया है
आई मुश्किल जब जीवन में, रास्ता हमें दिखाया है
मानव के जीवन में आते, सदा ही उतार-चढ़ाव हैं
सद्कर्मों ने हर मुश्किल से, हमेशा हमें बचाया है।

❖ ❖ ❖

करो दुआ कि दिन से, मेरी रात अच्छी हो
करूँ जिसे मैं दिल से, वो बात अच्छी हो
पता नहीं कितने दिन रहना है, इस दुनिया में
चाहत है मेरी जिंदगी की, हर सौगात अच्छी हो।

❖ ❖ ❖

अविश्वास से जो घिरे, लेते धर्म की आड़
कार्य करते सदा ही ऐसे, हो जाएँ अपने दोफाड़
ऐसे इन्सानों से बचो हमेशा, आगे अगर है बढ़ना
मजबूत हो गर इरादा, कुछ नहीं सकते वो बिगाड़।

❖ ❖ ❖

व्यवहार में हो कुशलता, हो विचार सरल
मजबूत हो गर इरादा, हो जाओगे सफल
जीवन में एकाग्रता, न हो कभी भी भंग
चाहता है जो बुरा कोई, वो जाएगा विफल।

❖ ❖ ❖

जन्म यहीं पे लेता, मरता यहीं है इन्सान
तजुर्बा जीवनभर लेता, बनाता अपनी पहचान
सम्मान धरा को जो करता, प्रेम रथ पे रहता सवार
माटी मेरे देश की, हमेशा रही जीवन आधार।

❖ ❖ ❖

अज्ञान रूपी अन्धेरे को दूर भगाते हैं गुरुदेव
हित साधते शिष्यों का, सदा मुस्कुराते हैं गुरुदेव
जीवन में छात्रों के, विवेक की ज्योति जगाते हैं
ज्ञान सागर में वो, सही राह दिखाते हैं गुरुदेव।

❖ ❖ ❖

आवाज कभी न हो खामोश, किसी कलमकार की
पोल खोलता है कलम से, सदा ही व्याभिचार की
कलम हमेशा चलती रहती, रुकने का है नाम नहीं
बेखौफ होकर लिखो सदा ही, कहानी भ्रष्टाचार की।

❖ ❖ ❖

प्रभु ध्यान में जो रहें, करता सदा ही मनन
जीवन यात्रा करता पूरी, न होती कभी थकन
सद्कर्मों को अपनाकर, दुष्कर्मों को टालता
परोपकार का रख भाव, करता दुखों का शमन।

❖ ❖ ❖

हर भारतवासी की, है हिन्दी एक पहचान
करो कार्य मिलकर ऐसा, बढ़े हिन्दी की शान
सरल मधुर पौराणिक भाषा, हिन्दी है जहाँ में
हिन्दी सोच में हो सदा, बढ़े जिससे इसका सम्मान।

❖ ❖ ❖

जीवनदाता हो तुम्हीं, हो तुम जीवन आधार
शरण तुम्हारी आया हूँ, करना मेरा बेड़ा पार
ज्ञान ज्योति को जगाकर, रहूँ बीच संसार
सद्कर्मों के साथ मुझे, देना शुद्ध विचार।

❖ ❖ ❖

हिम्मत से लेना काम, सफर में चाहे थकवाट हो
परिश्रम कर बढ़ो आगे, कितनी भी रुकावट हो
देश के लिए जिओ, मरो भी देश के लिए
वास्तविकता में जियो हमेशा, न कोई बनावट हो।

❖ ❖ ❖

हो मुबारक आपको, दीवाली का ये शुभ त्यौहार
जीवन में खुशहाली हो, खुशियाँ मिलें अपार
माँ लक्ष्मी की बरसे कृपा, धन-धान्य भरपूर हो
समृद्ध रहे परिवार सदा, भरे रहें धन के भंडार।

❖ ❖ ❖

घर के बजाय उजाला मन-मन्दिर में हो तो अच्छा है
हाथ में न होकर, निवाला पेट में हो तो अच्छा है
मुश्किल रास्ते भी आसान हमेशा हो सकते हैं
बाहर न होकर शिवाला अन्तर्मन में हो तो अच्छा है।

❖ ❖ ❖

परस्पर सम्बन्धों के प्यार का, अटूट बन्धन है ये
निभाते जो रिश्ते हैं, उनका खुशबू चन्दन है ये
दूर को लाए पास ये, विश्वास की एक डोर है
भाई-बहन के प्यार, सच्चा वन्दन है ये।

❖ ❖ ❖

मंजिल चाहे दूर हो जितनी, रहती है पैरों के नीचे
हो जाती है दूर उन्हीं से, कदम जिन्होंने इससे खींचे
मंजिल उनको ही मिलती, रखे इरादा जो पाने का
जीवन में वो पार लगा है, जिसने मन से रिश्ते सींचे।

❖ ❖ ❖

खुशियों की नीलामी करके, आज खरीद लिया गम को
आया रास बड़ा ही मुझको, पाकर देख लिया हमदम को
हुआ फायदे का जब सौदा, सुकून मिला है तब मुझको
दिल में जो भी दर्द रहा था, वो भी भूल गया अब हमको।

❖ ❖ ❖

कुछ तुम चलो कुछ हम चलें, यूँ जीवन कट जाएगा
घिरा हुआ है जो बादल, वो भी अब छट जाएगा
फूल खिलेंगे जब जीवन में, मन उपवन हो जाएगा
शक्ति सदा से रही संगठन में, बिछड़े तो घट जाएगा।

❖ ❖ ❖

काँटों से है भरी जिन्दगी, चलना सीख लिया
अपने दिल की लगी आग में, जलना सीख लिया
राह नहीं आसान इश्क की, मुश्किल है चलना
सूरज जैसा हमने उगकर, ढलना सीख लिया।

❖ ❖ ❖

उलझी-उलझी जिन्दगी, उलझे-उलझे साँस
कठिन डगर है प्यार की, दूर रहो या पास
जीवन ये अनमोल है, रखना इसे सम्भाल
सौहार्द बनाकर जी इसे, बनी रहेगी आस।

❖ ❖ ❖

मुकम्मल यूँ तो इस जग में, सभी के ख्वाब होते हैं
जो मंजिल पा नहीं सकते, वही बेताब होते हैं
चले इन्सानियत की राह जो, वो हैं सुखी मन से
हृदय जिनका रहे निर्मल, वो मन के गुलाब होते है।

❖ ❖ ❖

ये कैसा जमाने का उसूल हो गया है
हर कोई जिन्दगी में बबूल हो गया है
रवानी अदब की जीवन में यूँ आई
रकीबों का आना फिजूल हो गया है।

❖ ❖ ❖

हिम्मत जीवन का करे, पल-पल दृढ़ आधार
कदम बढ़ाते हौसला, गर हों शुद्ध विचार
सभी इरादे हो सफल, सरल सभी पथ होए
ख्वाब पूर्ण हो जाएँगे, पुष्पित गर हो प्यार।

❖ ❖ ❖

बढ़ना है गर तुमको आगे, मत शंकाएँ पालो तुम
कदम-कदम पर दुश्मन बैठे खुद को स्वयं सम्भालो तुम
घर की हर इक ईंट सोचती, टिकी दीवार उसी पे है
हिम्मत से कर काम हमेशा, खुद का भार उठा लो तुम।

❖ ❖ ❖

जीत तुम्हारी हो इक बारी, इसलिए तो सबकुछ हारा
केवल एक झलक पाने को, जिसने अपना सब वारा
उसका ख्याल सदा रखने का, दिल में लेकर एक इरादा
मिला दुआ से जिसकी सबकुछ, किया न उससे कभी किनारा।

❖ ❖ ❖

आईना ज्यों नाजुक होता, वैसे ही होते हैं रिश्ते
मानव भले निभाते इनको, रहे हमेशा खुद ही पिसते
शीश टूटे जब गलती से, चेहरे अनेक दिखाता है
दिल में शंका जब भी होती, पल में रिस जाते हैं रिश्ते।

❖ ❖ ❖

मंजिल मकसद पा जाती है, अगर हौसला दिल में हो
नाव किनारे लग जाती है, मजबूती साहिल में हो
मुश्किल से चलता हो जीवन, हल उसका हम खोजेंगे
मंजिल आसां हो जाती है, गर हिम्मत काबिल में हो।

❖ ❖ ❖

मर्यादा में जब रहे, करते थे विश्वास
मर्यादा को तोड़कर, रोका स्वयं विकास
जीवन सुखमय ही रहे, मर्यादा गर होए
मर्यादित जीवन सदा, होता खासमखास।

❖ ❖ ❖

हवा ने भी नहीं बख्शा, उसे समझा था आवारा
न उसको पेड़ ने बख्शा, गिरा पत्ता यूँ बेचारा
गरीबी हो अगर घर में, सभी लगते पराये हैं
बड़ी मुश्किल है जीवन में, न मिलता जन्म दोबारा।

❖ ❖ ❖

बिना कर्म के इन हाथों पर, बनती नहीं लकीर
बदली है हर बार कर्म ने, हाथों की तकदीर
जीवन भर ही उलझा रहा, उलझन में इन्सान
कर्म करे हम निश्छल होकर, जिन्दा रहे जमीर।

❖ ❖ ❖

पेड़ों की शाखाएँ जब, बिना परिन्दों के रोती हैं
खो जाती हैं वो आशाएँ, जो महलों में जा सोती हैं
सीधे पथ पर चलते राही, अपनी मंजिल पा जाते हैं
टेढ़ी-मेढ़ी पगडंडी पर, किस्मत में उलझन होती है।

❖ ❖ ❖

धर्म किसी का कभी न देखो, दिल से नाता जोड़ो
कर विश्वास हकीकत का तुम, झूठे वादे छोड़ो
दृढ़ निश्चय होकर जीवन में, आगे बढ़ते जाना
रहो दोस्तों की दुनिया में, जीवन पथ को मोड़ो।

❖ ❖ ❖

पानी मर्यादा तोड़े तो, होना विनाश जरूरी है
वाणी मर्यादा जो तोड़े, होना सर्वनाश जरूरी है
मर्यादित जीवन जो जीता, रहता सुखी जहां में है
मेलजोल हो अगर बढ़ाना, आना पास जरूरी है।

❖ ❖ ❖

किसी कार्य को भूलना, होती उसकी प्रकृति है
करके भूल उसे मानना, होती उसकी संस्कृति है
हौसला हो जीवन में, मंजिल खुद ही मिल जाती है
सीखता जो हमेशा गलती से, होती उसकी सुकृति है।

❖ ❖ ❖

सुख की चादर ओढ़ हमेशा, दुःखों को हम भूल गए
जीवन नश्वर हुआ यहाँ पर, बेवजह अहम से फूल गए
संयम जीवन में अपनाओ, ध्यान योग की बात करो
आत्म मन्थन किया नहीं है, झूठ का झूला झूल गए।

❖ ❖ ❖

रखो हौसला इस जीवन में, जन्म सफल हो जाएगा
खुशियों का रथ खुद चलकर के, पास तुम्हारे आएगा
मुश्किल का हल मिल जाएगा, दुखी कभी मत होना तुम
हिम्मत के बल पर जीवन में, अपनी मंजिल पाएगा।

❖ ❖ ❖

धूल और सीमेन्ट मिली है, चारों तरफ हवाओं में
पत्थर दिल हो गए निवासी, फैली खबर हवाओं में
इन्सानियत मर चुकी है लेकिन, जिन्दा इक अहसास है
समभावों से दमक रही है, तरुणी आज फिजाओं में।

❖ ❖ ❖

नमन शहीदों को मैं करता, लिखी अमिट कहानी है
घर-घर में भारत के अब तो, उनकी गाथा गानी है
लिपट तिरंगे में जो आए, अमर कहानी छोड़ गए
देश की रक्षा की खातिर, दी सबने कुर्बानी है।

❖ ❖ ❖

चेहरे की रौनक सदा से, बढ़ा रही मुस्कान
जीवन में समभाव हो, और बढ़े सम्मान
प्यार सदा रहता अमर, सच की हो पहचान
सच्चाई की जीत हो, जाने सभी जहान।

❖ ❖ ❖

माता-पिता और गुरु का, अहम रहा स्थान
संस्कार औ' ज्ञान हमें दे, बना रहे विद्वान
तीनों इस धरा के पूजक, हैं ईश्वर का रूप
दुष्कर्मों से दूर कराते, देकर अपना ज्ञान।

❖ ❖ ❖

कितने दूर निकल आए हैं, रिश्ते निभाते-निभाते
खुद को भी खोया है हमने, अपनों को पाते-पाते
मुस्कुराना भी अब तो एक फसाना-सा बन गया है
थक गए हैं हम भी बहुत, इस दर्द को छुपाते-छुपाते।

❖ ❖ ❖

बता ऐ जिन्दगी मुझको, कहाँ लव का कनेक्शन है
सभी हैं व्यस्त दुनिया में, कहाँ मिलती वेकेशन है
हमेशा शिद्दतों से हम यहाँ रिश्ते निभाते हैं
मगर हम खोजते रहते, कहाँ लव का लोकेशन है।

❖ ❖ ❖

धैर्य सदा ही जीवन में, बढ़ाता है आत्मविश्वास
लगन अगर हो जीवन में, आ जाती मंजिल पास
मूल्यवान है हर लम्हा, जीओ उसको जी भर के
समरसता से समाज बढ़ा है, बनाए सबको खास।

❖ ❖ ❖

जिन्दगी ने हमको पाया, और हमने जिन्दगी को
हर तरह से आजमाया, जिन्दगी ने आदमी को
वो भला क्या मात देगा, जो कभी चलता नहीं है,
आदमी अब तक न समझा, स्वयं की ही पुख्तगी को।

❖ ❖ ❖

जीवन में गर मुश्किल आए, चेहरे पर मुस्कान रहे
जीना है अब हर हाल में, चाहे जीवन में नुकसान रहे
जीने की कला को जिसने, अपने अन्दर पहचाना है
मुश्किल अपनी पार करे तो, सब जिन्दा सम्मान रहे।

❖ ❖ ❖

मुक्तक बहार

गुलाम बनकर गर जिओगे, मारेगी दुनिया तुम को लात
नवाब बनकर गर जिओगे, तो बनेगी बिगड़ी बात
कपड़े से नहीं होती पहचान, दम जिगर में होना चाहिए
शेर की मानिन्द गर जिओगे, कभी न खाओगे तुम मात।

❖ ❖ ❖

मर्यादित जीवन की इच्छा, हर पल मन में पलती है
गाड़ी में गर ब्रेक न हो, इधर-उधर को चलती है
संस्कार का भी जीवन में, होना बहुत जरूरी है
समावेश हो समरसता का, ज्योति प्रेम की जलती है।

❖ ❖ ❖

प्रेम अदब की दुनिया में, यूँ बेअदबी मंजूर नहीं
जिन्दगी बेकार है उसकी, जीने का जिसे सहूर नहीं
जिसने अपने जीवन को, कष्टों में जीना सीख लिया
साफ डगर हो या हो धूमिल, मंजिल उसकी दूर नहीं।

❖ ❖ ❖

शक्ति अजीब होती वाणी में, बोलो सदा ही मीठे बोल
कड़वा बोलता जो, होता नहीं उसका कोई मोल
मीठी वाणी से हमेशा, तीखी मिर्च भी बिक सकती है
अगर बोलने से पहले, लो उन शब्दों को तुम तोल।

❖ ❖ ❖

अटक गए हैं पंख अब, मुश्किल हुई उड़ान
कदम-कदम पर शूल हैं, होने लगी थकान
सुनता किसकी कौन है, करते सभी गुहार
गगन में रहना मुक्त अब, नहीं रहा आसान।

❖ ❖ ❖

दौलत पूरी करने को हम, बाहर गए कमाने
भूल गए जीवन के रिश्ते, आए नहीं निभाने
हमको फुर्सत मिली नहीं, बच्चों संग रहने की
संभलो यारो समय बहुत है, छोड़ो सभी बहाने।

❖ ❖ ❖

शब्द नहीं है जो मिट जाए, ये केवल अहसास है
उम्र नहीं जो ढल जाए, ऐसा इक विश्वास है
सच्चे दोस्त मिलते हैं, जब कृपा प्रभु की हो जाए
सभी जिन्दगी कम पड़ जाए, आखिरी वो श्वास है।

❖ ❖ ❖

घड़े हुए हैं चिकने खारी, पानी का अब काम नहीं
कदम-कदम धोखा होता, मिलता फिर भी आराम नहीं
बुरा जमाना आया 'मधुकर', मारे-मारे फिरते हैं
चहुँओर है चोरबाजारी, संस्कारों का काम नहीं।

❖ ❖ ❖

हँसी-ठिठोली हो रही, गलियों में चहुँओर
हुलियारे घर-घर घूमते, होली का है शोर
गुँजियों की फैली महक, मौसम है रंगीन
रंग चढ़ा है प्यार का, बँधी दिलों की डोर।

❖ ❖ ❖

चमक रोशनी की बढ़ जाती, हो जब सच्ची मुस्कान
भाषा इसकी नहीं है कोई, रखना इसका सदा ही ध्यान
पीड़ा में जो मुस्काता है, सहज सफलता वो पा जाय
जादू का दीपक है ऐसा, मीठा बोले सदा जबान।

❖ ❖ ❖

मूर्ख यहाँ जो सबको समझे, वो ही मूर्ख निराला है,
राम नाम को मुँह में रखकर, बगल में रखता भाला है
छल-कपट में माहिर होता, अन्दर से वो खाली है
नैतिक मूल्य कभी न समझे, जड़े खुले पे ताला है।

❖ ❖ ❖

हँसते-गाते रहो हमेशा, जीवन में हो नई उमंग
प्यार बढ़ाओ साजिश छोड़ो, जीने का हो ऐसा ढंग
दुख कसे शिकंजा ऐसा, जैसे हो मछली का जाल
जीवन में खिलते हैं उपवन, बिखरें सदा प्यार के रंग।

❖ ❖ ❖

विनम्र सदा रहो जीवन में, अहंकार को दूर करो
सच्चाई जीवन में रखना, क्रोध को चकनाचूर करो
सद्गुण का भी जीवन में, होना बहुत जरूरी है
काम क्रोध को काबू रखना, प्यार मगर भरपूर करो।

❖ ❖ ❖

बार-बार जब भी छिटकी है, ये रिश्तों की डोर
बिना समय के हो जाती है, ये बिल्कुल कमजोर
हावी न होने पाए विवेक पर, जीवन में अवसाद
संवाद सदा हो आपस में, रक्खो इसकी गौर

❖ ❖ ❖

घिरो अगर चहुँओर से, करो भरोसा भक्ति का
सब होगा अनुकूल ही, विश्वास रखो उस शक्ति का
प्रभु को रखो याद सदा, सुखमय जीवन हो जाएगा
मुश्किल हल हो जाएगी, मिलेगा मार्ग विरक्ति का

❖ ❖ ❖

सूरदास जी ने जीवन में, लिखे गीत अनेक
प्रभु भक्ति में लीन रहे, काम किए सब नेक
ज्ञान गंगा में लगा गोते, भवसागर तर जाओगे
सबके अन्दर राम बसे हैं, देख सके तो देख

❖ ❖ ❖

गीत की गजल की सब रवानियाँ लिखीं
दिल पे मैंने अपने कुछ कहानियाँ लिखीं
स्वयं के ही फेर में, उलझी है जिन्दगी
जिन्दगी की मैंने सब निशानियाँ लिखीं

❖ ❖ ❖

काम क्रोध मद लोभ का, होता जब अधिकार
चारों मौका देखकर, तब कर देते बँटाधार
आत्म संयम से हम सबको, मिल जाती है राह
धैर्य और विवेक से, आओ सीखें शिष्टाचार

❖ ❖ ❖

जन-जन के हो पालनकर्ता, हो जीवन आधार
दिल से जिसने तुम्हें पुकारा, सदा हुआ उद्धार
भक्ति में होती है शक्ति, ध्यान प्रभु का होय
सच के पथ पर चलने वाला, होता भव से पार

❖ ❖ ❖

बुद्धि बड़ी यहाँ शक्ति से, जन्म से होते संस्कार
परोपकार ही जीवन उनका, खुले रहते हैं द्वार
असम्भव को सम्भव करने का हुनर, उन्हें ही आता है
कठिन राह को सरल बनाकर, देते दृढ़ आधार

❖ ❖ ❖

सम रहना है हर हाल में, रहे ये कर्तव्य हमारा
गुण स्वभाव का अंग बन जाए, ऐसा हो मन्तव्य हमारा
शीतलता है गुण चन्दन का, जो कभी नहीं छोड़ता
पुण्य पथ पर चलें हमेशा, ऐसा हो गन्तव्य हमारा

❖ ❖ ❖

सहनशीलता है जरूरी, बढ़े अनुभव का पिटारा
सोच-समझ जो करे कार्य, चमके उसका सितारा
धैर्य जो रखता जीवन में, समाधान वो पाता
मन बुद्धि में रहे सन्तुलन, होगा अजब नजारा

❖ ❖ ❖

आसां नहीं है राह इश्क की, परेशां कभी न होना तुम
हिम्मत करके बढ़ना आगे, बीज प्रेम के बोना तुम
ख्वाबों में भी सदा सोचना, प्यार सदा परवान चढ़े
हल खुद ही मिल जाएगा, होश कभी न खोना तुम

❖ ❖ ❖

अन्तःकरण हो शुद्ध आपका, होंगे शुद्ध विचार
मन स्थिर हो अगर आपका, सुदृढ़ हो आधार
ईश्वर तत्व से अनुप्राणित, मानव मन का द्वार
एकाग्रचित से रहें हमेशा, जिन्दा सद् व्यवहार

❖ ❖ ❖

काम क्रोध मद लोभ का, होता सब अधिकार
चारों मौका देखकर, तब कर देते हैं बँटाधार
आत्म संयम से हम सबको, मिल जाती है राह
धैर्य और विवेक से, आओ सीखें शिष्टाचार

❖ ❖ ❖

जन-जन के हो पालनकर्ता, हो जीवन आधार
दिल से जिसने तुम्हें पुकारा, सदा हुआ उद्धार
भक्ति में होती है शक्ति, ध्यान प्रभु का होय
सच के पथ पर चलने वाला, होता भव से पार

❖ ❖ ❖

अश्व रथ पर हो सवार, पल-पल रहे हैं भाग
द्वेष भाव को छोड़ हमेशा, गाओ प्रेम के राग
चलता रहता है वक्त, कभी नहीं ये ठहरता
गतिमान हर शै है जग में, जाग सके तो जाग

❖ ❖ ❖

अकाल दुनिया में हो अनाज का, मरता है इन्सान
संस्कृति है विरासत अपनी, रखना इसका ध्यान
संस्कार के अकाल से हो मानवता का ह्रास
गर शिष्टाचार रहे जीवन में, बड़ों का हो सम्मान

❖ ❖ ❖

सूखे हुए शज़र का, अब कोई नहीं सहारा
खुद के ही बोझ से, ये गिर जाएगा बिचारा
इस उम्र में बुढ़ापा, अब पाप हो गया है
राही निकल गए सब, इसको नहीं निहारा

❖ ❖ ❖

खिंज़ा के ही बहाने से हुआ, गुलजार ये गुलशन
पुराने झड़ गए पत्ते, हुआ तैयार ये गुलशन
खिली हैं आज सब कलियाँ, महक फैली है उपवन में
हवाओ का खिज़ाओ का, करे आभार ये गुलशन

❖ ❖ ❖

गुरु नानक देव, रहे हैं सदा शक्ति स्वरूप
धर्म के थे बड़े ही रक्षक, थे व्यक्तित्व अनूप
सीख भाईचारे को देकर, समभाव की ज्योति जगाई
पुण्य आत्मा थे गुरु नानक, थे भगवान के रूप

❖ ❖ ❖

कोई सही इंजीनियर मिले तो मुझे जरूर बताना है
इन्सान को इन्सान के जोडऩे का पुल मुझे बनाना है
बहते आँसुओं को रोकने का, एक बांध होना चाहिए
सच्चे सम्बन्धों को जोड़े, उन दरारों को भरवाना है

❖ ❖ ❖

खेल ही जीवन है, इसको सदा अपनाओ तुम
ठीक रहेगी सेहत, रोग को दूर भआगो तुम
शक्ति के खजाने का, एक मूल मन्त्र है खेलना
छोड़ सदा आलस्य को, आगे बढ़ते जाओ तुम

❖ ❖ ❖

पर्यावरण हुआ है दूषित, दुभर हुआ अब लेना साँस
आओ मिलकर पेड़ लगाएँ, जगी रहेगी आस
कार्य मिलकर करें कुछ ऐसे, शुद्ध वायु का हो संचार
पेड़ों से ही है जीवन, दूर रहें या रहें ये पास

❖ ❖ ❖

धुएँ की है धुन्ध बनी, धुन्ध ने किया कमाल
पर्यावरण अब बचेगा कैसे, उठ रहे हैं सवाल
पानी सर से गुजरा है, करेगा क्या छिड़काव
दिन रात-सा लग रहा, लो पर्यावरण को सम्भाल

❖ ❖ ❖

बंद कमरों में घुट रही, सबकी साँस अब
हुई समाप्त शुद्ध पर्यावरण की आस अब
खोले जब खिड़की तो जहरीली हवा आती है
शुद्ध रहे वातावरण सदा, दूर रहो या पास अब

❖ ❖ ❖

मुक्तक मकरन्द

फूल से दोस्ती की चाह, एक मैं रखता हूँ
बुराइयों से अलग राह, एक मैं रखता हूँ
अपने को साधा है मैंने, जीवन में हर पल ही
प्यार के सागर जैसी थाह, एक मैं रखता हूँ

❖ ❖ ❖

बच्चों का है दिन आज, बाल दिवस की है बहार
चेहरे गुलाब से खिल रहे, दिल में बढ़ रहा है प्यार
चाचा नेहरू को बच्चे थे, दिल से प्यारे बहुत
कीर्ति पताका फहराकर, आगे बढ़ने को हैं तैयार

❖ ❖ ❖

सही बात जो नहीं सुनता, ये उसकी लाचारी है
बीत जाए समस्या जब, उस पर पड़ती ये भारी है
सोच-समझ काम जो करता, वो इन्सान निराला है
नहीं तो हरदम धोखा खाता, करता मारामारी है

❖ ❖ ❖

झाँसी की रानी लक्ष्मीबाई, थी वीरों की सरताज
लोहा ले अंग्रेजों से, उठाई आजादी की आवाज
कुर्बानी दी देश की खातिर, लक्ष्य एक था आजादी
गौरवमय कहानी है उनकी, करे भारत उन पर नाज

❖ ❖ ❖

मुश्किलों का जो करे मुकाबला, वो इन्सान निराला है
काम को समझे जो पूजा, उसी का बोलबाला है
बढ़ता है वही आगे, जो हिम्मत कभी न हारता
खुश रहकर जीवन में, रहता सदा मतवाला है

❖ ❖ ❖

अधिकार की पराकाष्ठा, जब हद से बढ़ जाती है
आगे बढ़ने की अभिलाषा, ही तब सर चढ़ जाती है
बड़ी सिद्दत से हमने, फर्ज अपने को निभाया है
शिखर पर जाने की, तब ही कहानी गढ़ जाती है

❖ ❖ ❖

घबराया है जो समय से, हुआ हमेशा ढेर
हिम्मत जो नहीं हारता, सदा रहा वो शेर
रखा जिसने हौसला, उसने सबकुछ पाया है
सब मुमकिन है जहाँ में, लग जाए चाहे देर

❖ ❖ ❖

मुश्किल हो जब जीवन में, हिम्मत कभी न हारना
आगे बढ़ते जाओ पथ पर, जीवन को है सँवारना
मुश्किल आसान हो जाती, लिए गर पक्का इरादा हो
कृपा प्रभु की हो जाएगी, दुख में सुख को निहारना

❖ ❖ ❖

आपके हर स्पर्श से, हुआ गुलशन गुलजार है
झूम रहा अपार खुशी से, नाचने को तैयार है
प्यार बरसता रहे जीवन में, यही दुआ हमारी है
फुर्सत से तराशा है, तुम्हें बड़ा उसका आभार है

❖ ❖ ❖

नमन देश को मैं करता, जो खुशबू का चन्दन है
सभी धर्मों समुदायों का, होता इसमें अभिनन्दन है
भारत देश हमारा जान से प्यारा, सबसे न्यारा है
समभाव हो परस्पर, यही राष्ट्र का वन्दन है

❖ ❖ ❖

तुम्हीं हो मेरे जीवनदाता, तुम्ही अधिष्ठाता हो
तुम्ही इष्ट हो मेरे, रिद्धि-सिद्धि के दाता हो
दिलों में हो प्रेम सबके, ऐसा जहां बनाएँ हम
समभाव हो परस्पर, सद्भाव का नाता हो

❖ ❖ ❖

छोड़कर निराशा, आशा के दीप जलाओ तुम
भूल बुरे वक्त को, आगे बढ़ते जाओ तुम
इमानदारी की राह चलो, हो जाएगा कल्याण तुम्हारा
सफल होकर गर्व से, सबको अब दिखलाओ तुम

❖ ❖ ❖

डगमगा रहा विश्वास, अविश्वास में यूँ घेरा है
हर मोड़ पर जीवन में, मोह-माया का डेरा है
जिन्हें अपना समझा हमने जीवन भर
पता चला कि न कुछ तेरा है न मेरा है

❖ ❖ ❖

मिले जरूरत से ज्यादा, कहते उसे नसीब हैं
पाकर सबकुछ जो रोता है, वो होता बदनसीब है
हर हालत में खुश जो रहता, वही इन्सान निराला है
कुछ न होकर मस्त जो रहता, होता खुशनसीब है

❖ ❖ ❖

नए साल में हर हाल में, आगे बढ़ते जाना है
भेदभाव को भूल जीवन में, समभाव अपनाना है
बढ़े परस्पर प्यार जहां में, नवशक्ति का संचार हो
सहिष्णुता हो परस्पर, समरसता को बढ़ाना है

❖ ❖ ❖

जिनको सींचा है सदा ही, रहे मधुर हैं वो रिश्ते
खटास सदा दूर है करते, भले मानव पिसते-पिसते
सम्बन्धों को जो है भूला, दुखी सदा वो रहता है
सींचो रिश्तों को हमेशा, रुक जाएँगे रिसते-रिसते

❖ ❖ ❖

पानी में जहर है पाया, बहुत जोर की प्यास लगी थी
दोनों तरफ मौत खड़ी, जीने की बस आस लगी थी
नींद कभी हुई न पूरी, ख्वाब सभी अधूरे रह गए
सब्र सदा किया है जिसने, सफलता उसके पास लगी थी

❖ ❖ ❖

दीपक मिट्टी से बना हो, चाहे बना हो सोने का
रोशनी से ही होती कीमत, मतलब क्या है रोने का
अमीर हो या गरीब दोस्त हो, सम्मान बराबर दोनों का
मुसीबत में सदा खड़ा हो, अहसास कराए होने का

❖ ❖ ❖

सच्चे रिश्ते न जाएँ खरीदे, शिद्दत से निभाना पड़ता है
किस्मत से हैं मिलते रिश्ते, आना जाना पड़ता है
सम्मान करो सदा ही उनका, जो महत्व आपको देते हैं
मिलते नहीं कभी उधार में, ऋण चुकाना पड़ता है

❖ ❖ ❖

प्रेम गीत लिखता सदा हूँ, प्रेम गीत सुनाता हूँ
गए दूर हैं जो हमसे, बिछड़े मीत मिलाता हूँ
सार्थक हुआ है जीवन, कलम हाथ में आई है
कविता ही है जीवन अब, सदा मैं गुनगुनाता हूँ

❖ ❖ ❖

पराया धन होकर भी बेटी, कभी होती नहीं पराई
मात-पिता से कभी भी इसकी, होती न आसान विदाई
आशाओं पर परिवार की, खरी उतरती बेटियाँ
पराए घर जाकर भी हमेशा, प्रीत की रीत सदा निभाई

❖ ❖ ❖

जीवन में शक का कभी, होता नहीं आधार
इस जहां में होते सभी, हैं इससे दो और चार
बढ़ता वही जीवन में, जो रखता परस्पर विश्वास
रिश्ते मधुर रहें आपस में, है यही जीवन का सार

❖ ❖ ❖

खूबसूरत गर हो रास्ता, मंजिल का रखो ध्यान
सही दिशा में होगी मंजिल, देगी सदा नई पहचान
विवेक हमेशा जगा के रखना, पथ सरल हो जाएगा
रख धैर्य जो बढ़ता आगे, जाने उसको सारा जहान

❖ ❖ ❖

इतिहास लिखते वही सदा, जो होते सिरफिरे इन्सान
समझदार पढ़ते उसको, बढ़ाते सदा ही अपना ज्ञान
हीरा अन्धेरे में दिखता है, धूप में तो चमके काँच भी
समय एक सा कभी नहीं रहता, बदल देता है पहचान

❖ ❖ ❖

वादे और शर्तें नहीं, चाहिए सदा ही प्यार रिश्तों में
विश्वास परस्पर होगा गर, होगा विस्तार रिश्तों में
रिश्ते निभाने के लिए, समझदारी बहुत जरूरी है
मधुर होगी गर वाणी, मिले खुशी अपार रिश्तों में

❖ ❖ ❖

नीरस कार्य हो चाहे, करो लगाकर पूरा ध्यान
रूचिकर वो हो जाएगा, बढ़े समाज में सम्मान
प्रसन्नता का स्तर बढ़ेगा, रख सकारात्मक सोच
प्रफुल्लित हो अन्तर्मन, होता शुद्ध आत्मिक ज्ञान

❖ ❖ ❖

सभ्यता का है गुण बड़ा, सादा उच्च विचार
इस पथ पर जो आगे बढ़ा, जीवन लिया सँवार
सादगी रख जीवन में, राह उन्नति की पकड़ो
समावेश हो समरसता का, कर हमेशा सद्व्यवहार

❖ ❖ ❖

धूल जमीर पर जमी हुई है, इमान की होगी बारिश
सब स्वच्छ हो जाएगा, न होगी कोई साजिश
हृदय से गर होंगे निर्मल, रोज खिलेगा प्रेम कमल
सद्भाव की बहे बयार, रहे प्रेम की नित्य नवाजिश

❖ ❖ ❖

तुम जो भी देख रहे हो, है मिथ्या सब जहान में
शरीर सिर्फ है मिट्टी मानिन्द, रखें इसे ध्यान में
मद लोभ को त्यागकर, सीखो सम रहना सदा
वैराग्य जब होगा मन में, होगी वृद्धि सच्चे ज्ञान में

❖ ❖ ❖

अनुभव करता है मानव, ज्ञान दृष्टि से ज्ञान को
अन्धकार छँट जाता है जब, मानव जाता ध्यान को
आत्मिक शक्ति को कर जागृत, दिव्य दृष्टि आती है
ध्यान साधना बढ़ाए हमेशा, समाज में सम्मान को

❖ ❖ ❖

आत्मिक शक्ति को कर जागृत, बनो सदा उदार
संयम से गर रहे मानव, पाता खुशी अपार
मिले आत्मिक सुख उसे, सत्यनिष्ठ जो रहता है
शान्त हो अन्तर्मन, करो हमेशा सद्व्यवहार

❖ ❖ ❖

इज्जत हमेशा करो सबकी, तो मिलेगा सम्मान
हृदय से रहो सदा निर्मल, न छोड़ो कभी स्वाभिमान
मधुर वचन है औषधि, गिराते नफरत की दीवार
जप ध्यान हो जीवन में, सदा बढ़ेगा आत्मिक ज्ञान

❖ ❖ ❖

सुख-दुख की चाहत नहीं, सबकुछ है विधि हाथ
जीवन में सत्संग रहे, बनती रहे सदा ही बात
सुकृति को अपना जीवन में, विकृति दूर भगाओ
प्रेम भाव का भाव हो, भाग्य रहे हमेशा साथ

❖ ❖ ❖

चापलूसी है प्रशंसा या उत्साहवर्धन का प्रयास
निर्भर करता समय पर, दूर रहें या पास
चापलूसी है प्रशंसा, मतलब अगर साधता कोई
उत्साह बढ़ाए निःस्वार्थ जो, होता वही हमेशा खास

❖ ❖ ❖

मंजिल पाते हैं वही जो हौसला नहीं हारते
चलते रहते हर वक्त, जीवन का पल-पल सँवारते
सपने होंगे साकार सदा, रखो सकारात्मक सोच
खुश रहकर हमेशा, उज्ज्वल भविष्य को निहारते

❖ ❖ ❖

रक्षक ही बने हैं भक्षक, उनसे कौन बचाएगा
विश्वास हुआ है तार-तार, कैसे पहचाना जाएगा
दावानल अब बदले की, चहुँओर है धधक रही
पुण्य पथ पर चल सदा, तभी तू सम्भल पाएगा

❖ ❖ ❖

मुक्तक घटा

कार्य सदा से ही रहा है, कामयाबी की बुनियाद
प्राप्त करो सब मेहनत से, न करना कभी फरियाद
जीवन सारा घिरा हुआ है, बढ़ती मुसीबत रोज
करो काम जीवन में ऐसे, करें सभी रोजाना याद

❖ ❖ ❖

जीवन मृग मरीचिका है, सद्गुणों का भंडार
जीवन हँस का जीना है, नश्वर है सारा संसार
मान सरावेर में लगा के गोता, मोती चुन के लाना है
भक्ति में है शक्ति सदा, बढ़ाए प्रभु से प्यार

❖ ❖ ❖

जिन्दगी में आते रहते, उतार और चढ़ाव हैं
कुशलता से करो सामना, बढ़ता सदा जुड़ाव है
संघर्ष जो करे जीवन में, सदैव सफलता पाता है
सकारात्मक सोच जो रखता, रहता दूर तनाव है

❖ ❖ ❖

तप नहीं कोई जहां में, विश्व शान्ति के समान
सन्तोष ही हो धर्म सभी का, रखना इसका ध्यान
त्याग इच्छाओं का करके, सत्य पथ पर चलना है
मन वाणी शुद्ध रहेंगे, बढ़े सदा ही आत्मिक ज्ञान

❖ ❖ ❖

अवगुणों की है अभिव्यक्ति, क्रोध से पाओ तुम मुक्ति
तत्व विनाशक है जहाँ, बचने की ढूँढो तुम युक्ति
लोभ मोह और कामना, स्त्रोत सदा से रहे हैं इसके
क्रोध मुक्त गर होना चाहो, करो प्रभु की तुम भक्ति

❖ ❖ ❖

दर्द का पैगाम देकर, छुपे कहाँ पे फिरते हो
जमीर से हम नहीं गिरते, तुम हर बार ही गिरते हो
सिलसिला यही है बातों का, जीवन भी अधूरा है
सही तो हम बताते हैं, तम कहानी लिखते हैं

❖ ❖ ❖

खामोशियों का जबसे हमने दामन थामा है
तब से विचारों ने, पहना अमलीजामा है
किन खैरातियों की बात, सदा तुम करते हो
देने वाला सभी को, एक ही प्रभु रामा है

❖ ❖ ❖

बोझ उम्मीदों का लिए, मत समय बर्बाद करो
मेहनत कर आगे बढ़ो, खुद को तुम आबाद करो
वक्त सदा ही चलता रहता, रुकता नहीं कभी है ये
पुण्य कर्म करके हमेशा, मन का दूर अवसाद करो

❖ ❖ ❖

त्याग रहा ध्येय हो जिसका, सुख सदा वो पाता है
सन्तोष मन को मिले हमेशा, सभी को वो भाता है
विश्वास ही स्वयं के प्रति, अनन्त शक्ति का संचय है
संघर्ष कर सदा जीवन में, सहज सफलता लाता है

❖ ❖ ❖

जीवन मूल्य जीतने जरूरी, उतना ही होता धर्म
जय वहाँ पर होती सदा, पुण्य जहाँ पर होते कर्म
सत्य प्रेम त्याग जहां, धर्म सनातन वो कहलाए
जीवन धार्मिक जो बिताता, रहता हमेशा दूर मर्म

❖ ❖ ❖

आस्था के फूल हृदय में, जब-जब भी खिलते हैं
पवित्र भावों का न हो संगम, भाव हमेशा हिलते हैं
आनन्द प्रति का मूलमन्त्र, आस्था से ही निकला है
भक्ति प्रेम व आनन्द बढ़ता, प्रभु जल्द ही मिलते हैं

❖ ❖ ❖

मिशन एक है जीवन का, हार कभी न हो जाए
इज्जत से जीना सदा है, मनोहार कभी न हो जाए
परोपकार करके जीवन में, खुश सदा ही रहना है
सदाचार रहे सदा ही, दुर्व्यवहार कभी न हो जाए

❖ ❖ ❖

चिंता प्रज्ज्वलित करती ईर्ष्या, होती चिता समान
हावी न हो अवसाद विवेक पर, रखना इसका ध्यान
सद्भावना रख जीवन में, समरसता को अपनाना है
ईर्ष्या का भाव न हो मन में, बढ़ता रहेगा सदा ही ज्ञान

❖ ❖ ❖

हम अकेले हैं स्वयं में, कोई किसी का नहीं संसार
बनते-बिगड़ते रहते रिश्ते, अस्तित्व का यही आधार
सत्य स्वरूप है आत्मा, सार जीवन का होता प्यार
संयोग-वियोग में सम जो रहता, पाता है दृढ़ आधार

❖ ❖ ❖

आगे बढ़ने की चाह में, हो रही है अन्धी दौड़
इक-दूजे को दिखाएँ नीचा, हो रही परस्पर होड़
आया है तू इस धरातल पर, आध्यात्म की शक्ति जान
छोड़ जहां के गौरख धन्धों को, प्रभु से नाता जोड़

❖ ❖ ❖

रक्षाबन्धन त्यौहार हमारा, करता सबका वन्दन है
बहन-भाई के रिश्तों का, ये करता अभिनन्दन है
राखी को न धागा समझो, रक्षा कवच है भाई का
प्रेम मिलन का त्यौहार निराला, खुशबू का चन्दन है

❖ ❖ ❖

टूटा मधुकर वही सितारा, हर दिल को जो प्यार था
भारत माँ के सपनों का, जिसने खूब सँवारा था
दुनिया की ही खातिर रब ने, उसको जमीं पे उतारा था
वो अभिमान हमारा था, सबकी आँख का तारा था

❖ ❖ ❖

मर्यादा हो गर जीवन में, रहे शिखर पर संस्कार
रचनात्मक होगा दृष्टिकोण, होंगे दूर मनोविकार
इन्सानियत अपना जीवन में, आगे बढ़ते जाना है
नियन्त्रण में कर स्वार्थ को, सपने होंगे सब साकार

❖ ❖ ❖

मानवता के बनो पुजारी, हो अपना अब यही धर्म
परहित के करके कार्य, करो दुखियों के दूर मर्म
बोओगे अगर बीज शान्ति के प्रेमरस तुम पाओगे
सद्भाव की लौ जलाकर, करो सदा ही पुण्य कर्म

❖ ❖ ❖

ढूँढ दूसरे की गलती को, कभी नहीं तुम इतराना
अन्तर्मन में देख सदा, पड़े न किसी को समझाना
झाँक हमेशा अपने अन्दर, कर लो गलती में सुधार
गलती को जो मानता, पड़ता नहीं कभी घबराना

❖ ❖ ❖

कार्य में रखे पूर्ण आस्था, मन में हो उच्च विचार
परिश्रम है आदर्श जीवन का, और सद्व्यवहार
व्यक्तित्व अनूप है, रहता सुगन्ध से सदा भरपूर
सादगी हो उद्देश्य जीवन का, करें दोस्तों का उद्धार

❖ ❖ ❖

दोहा प्रेम

सपने देखो वो सदा, जो रहते अनुकूल
ऐसे सच होते रहें, जैसे खिलते फूल

*****

जीवन की हर लहर में, होते धुरन्धर ढेर
बच गए वो चक्कर से, लगा रहे थे टेर

*****

जीवन के इस खेल से, होना है दो-चार
हिम्मत करके देख लो, हो जाये उद्धार

*****

हो जाएगा शान्त मन, सुनो गीत-संगीत
खुशियाँ होंगी सब यहाँ, मिल जाए मनमीत

*****

मन मन्दिर में आ बसे, जिसके राजा राम
राह सरल उसकी हुई, सफल हुए सब काम

खिलकर इठलाना हुआ, कली-कली का ख्वाब
उपवन में फैले महक, लगती खुली किताब

*****

पथिक मिले सब राह में ढूँढ रहे थे काम
काम सरल हो जाएगा, भजो राम का नाम

*****

मन का पन्छी बोलता, रहना नहीं अधीर
सन्तों की संगत मिले, मिट जाएगी पीर

*****

मोह माया के जाल में, फँसा हुआ लाचार
समझ समय के फेर को, चलो प्रभु के द्वार

*****

शिक्षा का विस्तार हो, शिक्षक का हो मान
अनपढ़ कोई ना रहे, बढ़े देश की शान

*****

हिन्दी को अपनाइये, हिन्दी है अनमोल
अंग्रेजी को छोड़कर, कुछ तो हिन्दी बोल

*****

आप उठाना सीख लो, रिश्तों का यदि भार
निभ सकते हैं अन्त तक, बना रहेगा प्यार

*****

प्रभु का लेकर आसरा, मोह दिया सब त्याग
जीवन में आनन्द हो, खुले हमारे भाग

*****

जीवन में आगे बढ़ो, रखना सबका ध्यान
भेदभाव को भूलकर, कर अपनी पहचान

*****

माटी में सब मिल गए, महल सुशासन राज
वक्त यही सबसे कहे, मैं सबका सरताज

*****

समय बड़ा बलवान है, करता नहीं लिहाज
कब पैरों में आ गिरे, सर पर शोभित ताज

*****

साथ तुम्हारा जो मिला, जाय कहीं ना छूट
दुनिया दुश्मन प्यार की , ले ना हमको लूट

*****

मीठी बोली आपकी, ले आएगी पास
हिन्दी में है रस भरा, बनाए सबको खास

*****

हिन्दी में ही बोलिए, हिन्दी बड़ी महान
हिन्दी में लिखिए सदा, हिन्दी का उत्थान

*****

मात-पिता और गुरु का, करें सभी सम्मान
भवसागर तर जाएँगे, होगा जन कल्याण

*****

बेटी इक अहसास है, रक्खो इसका ध्यान
जोड़ेगी परिवार को, खूब बढ़ेगा मान

*****

बंद करो आतंक अब, छोड़ो ये हथियार
समरसता का भाव हो, होंगे उच्च विचार

*****

लेकर दिल में प्यार जब, आगे बढ़ते लोग
वैमनस्य का अन्त हो, मिट जाएँ सब रोग

*****

भाग-भागकर थक गए, मिला नहीं आराम
मीठी बोली बोलिए, मिल जाएँगे राम

*****

नफरत के घर भेजना, प्यार भरा पैगाम
आपस में सौहार्द हो, सुबह रहे या शाम

*****

तुम ही मेरे मीत हो, तुम ही मेरा गीत
हृदय की हो तान तुम, मन भावन संगीत

*****

माँ ही मेरा है जहाँ, माँ ही है अभिमान
चाहे जितना भी उड़ो, रखती है वो ध्यान

*****

मन पवित्र हो जाएगा, मन के भीतर झाँक
मन की शक्ति है बड़ी, कमतर कभी न आँक

*****

आगे बढ़ना है अगर, करो स्वयं को सिद्ध
बैठे हैं चहुँओर अब, दीवारों पे गिद्ध

*****

मिले नहीं हम आप से, है किस्मत का फेर
ख्वाबों में आते हो, नहीं लगाते देर

*****

क्या जमाना आ गया, सबकुछ है बेहाल
तजकर अपने कर्म को, भूल गये सब चाल

*****

प्रभु शरण में जो रहे, कभी न खाता मार
आगे जीवन में बढ़े, मिले खुशी अपार

*****

सम्भल-सम्भल कर गर चले, रहे यहाँ सिरमौर
काज सबके हो सफल, चलो भोर की ओर

*****

भ्रम तू अपने भूलकर, खुद को स्वयं सम्भाल
सद्कर्मों की छाँव में, जीवन हो खुशहाल

*****

अटकी-अटकी साँस है, बँधे-बँधे से हाथ
हिम्मत कभी न हारना, ईश्वर तेरे साथ

*****

नववर्ष अब के लाया, खुशियों की बहार
सभी सुखी रहें जहां में, बना रहेगा प्यार

*****

छोड़ राह आतंक की, पकड़ अमन की राह
जीवन ये खुशहाल हो, रख बढ़ने की चाह

*****

इस दुनिया में युद्ध अब, कभी न होने पाय
कोई तरीका शान्ति का, जल्दी खोजा जाय

*****

मतलब-मतलब सब करे, हैं मतलब के यार
सब स्वार्थ से हैं भरे, सभी यहाँ लाचार

*****

दिल के काले हैं बहुत, रखें नियत में खोट
देनी है आतंक को, हर हालत में चोट